MÉMOIRE

A L'ASSEMBLÉE NATIONALE,

POUR LES CRÉANCIERS DES JÉSUITES.

Ab uno disce omnes.

CHACUN fait quelle fut l'humble origine, l'élévation prodigieuse & la chûte subite de cette Compagnie célèbre qui fonda des établissemens dans les deux mondes où elle exerçoit, pour ainsi dire, toutes les professions ensemble ; ici missionnaire & là législatrice ; utilement consacrée en Europe à l'enseignement public & , du fond des Colleges , s'efforçant de gouverner les Empires ; vouée au culte des autels & occupant par-tout des comptoirs ; enrichie des dons de la piété & se précipitant dans les spéculations du commerce pour s'enrichir davantage ; que sa morale fit condamner & que les sciences pleurent encore. Ce qu'on ne connoît point assez , c'est l'obscure administration syndicale , établie , depuis trente ans , sur ses ruines ; c'est le dévorant Séquestre qui s'en nourrit ; c'est le Conseil stipendiaire qui travaille sans relâche à perpétuer leur funeste existence , afin d'éterniser la sienne propre.

Lorsque, par un Décret mémorable *, l'Assemblée Nationale mit à sa disposition les biens domaniaux & ecclésiastiques, une voix animée s'écria de la tribune : arrêtez, qu'allez-vous

* Celui du 2 Novembre 1789.

A

faire ? Voyez ce que sont devenues les richesses du Corps Religieux le plus puissant qu'ait eu la France. A peine est-il détruit, & déja ses immenses dépouilles ont disparu à tous les yeux. Craignez........

La vérité de ce trait frappa vivement de bons esprits & réveilla dans les cœurs des souvenirs touchans dont s'est bientôt suivie l'amélioration du sort des derniers enfans de S. Ignace (1) : mais on ne prit nul soin du sort, non moins intéressant peut-être, de leurs malheureux créanciers. Il est temps que l'auguste Assemblée daigne aussi tourner sur eux des regards favorables. Eh ! ne deviennent-ils pas les créanciers de l'Etat, aujourd'hui que leurs débiteurs en sont les pensionnaires, aujourd'hui que tout ce qui fut ci-devant en la possession du Clergé est pour l'avenir déclaré le domaine de la Nation ? Si un tel principe avoit été formellement reconnu en 1764, à cette époque où l'autorité composée du Monarque & des Parlemens ordonna l'entiere dissolution du régime & de la Société des Jésuites, sans doute en même temps que leurs biens, rendus par-là disponibles, auroient passé au pouvoir des Administrateurs de la chose publique, leurs dettes aussi eussent été placées dèslors au rang des dettes nationales. Eh bien ! que cette novation salutaire à tous, au moins s'accomplisse en 1790 ; un Décret, qui fait loi, maintenant la commande (2) & l'intérêt général, uni à l'intérêt des créanciers, réclame impérieusement en leur faveur la plus prompte exécution du Décret.

Dès l'année 1760, on avoit pu prévoir en France les désastres prochains de la société des Jésuites. Les Tribunaux

_____

(1) Ils vont partager à l'avenir celui de tous les Religieux François.

(2) « A compter de la présente année, les dettes du Clergé sont réputées » dettes Nationales ». *Décret du 16 Avril 1790.*

Consulaires retentiſſoient de Jugemens prononcés contre eux : l'Arrêt des Lioncy, du 8 Mai 1761, acheva de porter dans leurs affaires le déſordre à ſon comble. La nouveauté, l'éclat ſcandaleux d'une pareille faillite attirerent tous les regards, & bientôt, comme on peut croire, les appétits de la cupidité durent s'exciter en plus d'un lieu, à la vue d'une ſi riche proie. Ce furent enfin les zélés de la Capitale qui eurent la force ou l'adreſſe de s'en emparer, & il faut convenir auſſi qu'ils s'y ſont attachés avec une intrépidité rare.

L'une de nos inventions modernes, qui, ayant pour unique objet de prévenir des abus, en a le plus fait naître, eſt ſans contredit cette ſorte d'aſſociation, non d'intérêts, mais d'économies, appellée *Direction*, qui ſe forme entre tous les créanciers d'un débiteur en déroute. On cherche, en s'uniſſant ainſi, à ſimplifier les pourſuites, à concentrer la procédure, en un mot à épargner des frais. Chaque membre de l'Union met pour cela en commun l'exercice de ſes actions individuelles : quelque Syndic eſt chargé de la conduite des affaires générales, & qu'arrive-t-il ? *incidit in ſcillam*, &c. . . . . . Le Syndic reſte ſans mouvement, ou n'agit en effet que pour ſon intérêt perſonnel & pour un petit nombre d'Officiers miniſtériels dont les travaux, cherement payés, ſe bornent à régir à leur profit une caiſſe inacceſſible à tous autres, gouffre ſans fond où vont ſe perdre à la fin dans l'abandon & dans l'oubli, & l'eſpérance des créanciers, & l'avoir entier du débiteur.

Une deſtinée pareille étoit viſiblement réſervée aux ci-devant Jéſuites comme à leurs créanciers, ſans la révolution trois fois heureuſe qui, au nombre des biens ineſtimables qu'elle va produire en France, nous fera compter la réforme de tous les genres d'abus ſous le poids deſquels gémiſſoit ce beau Royaume.

La direction des biens de la Société des Jésuites fut confiée, dans le principe, à quatre Syndics - généraux, ayant à leur ordre un Agent principal & un Notaire - Caiſſier, ſous les auſpices de l'Abbé Terray, Rapporteur en titre & la ſurveillance de ſix hommes de Loi, renforcés d'un Procureur (1). C'eſt un Arrêt du Parlement de Paris, du 23 Avril 1762, qui avoit déterminé ſon inſtitution ; il y a donc 29 ans paſſés qu'elle ſubſiſte : qu'a-t-elle fait durant une auſſi longue période, ayant tant d'inſtrumens à ſa ſuite ? on peut le retracer en peu de mots.

La Direction s'occupa en 1762, 1763, 1764, de conſtater, par des inventaires ou procès-verbaux, la nature & l'état des biens des Jéſuites. Ils furent eſtimés environ 19 millions, ſans y comprendre ni les ſouſtractions du frère Lavaur & de tant d'autres, ni une infinité d'objets importans ſoit en meubles, ſoit en fonds, réſervés pour l'entretien des Cures, Vicaireries, Séminaires, Ecoles & autres établiſſemens deſtinés à l'éducation de la jeuneſſe. La Direction, dans les années ſuivantes, vendit tout le mobilier, les contrats, avec une grande partie des immeubles qui formoient le gage commun. Enfin l'an 1772, la Direction arrêta l'ordre général & définitif de tous les créanciers, ordre qui contient à peine pour huit millions de collocations, même en nombrant les ſommes dues aux Flamands, Francs-Comtois, Lorrains & Avignonnois, leſquelles ont dû être depuis acquittées ſéparément par les Colleges des quatre provinces de Flandre, de Franche-Comté, de Lorraine & du Comté Venaiſſin.

---

(1) Bientôt après on y joignit encore d'autres coopérateurs plus nombreux, qui, ſous les noms de Syndics & Sequeſtres particuliers, Agens ou fondés de pouvoirs, ſe répandirent, à grands frais, dans les Provinces & dans chacune des Colonies françoiſes.

Alors, ce femble, la Direction eût dû prendre fin, car il ne reftoit plus qu'à délivrer le montant des collocations : or avec un recouvrement de 19 millions, ce n'eft pas chofe mal aifée d'en payer huit : eh bien ! dix-neuf années pourtant fe font écoulées depuis la publication de cet ordre général dreffé en 1772 : nous fommes arrivés au milieu de 1790, & les plus favorifés d'entre les créanciers chirographaires ont reçu 80 pour 100 fur leurs *capitaux* ; nul n'a reçu une feule obole fur les intérêts & fur les frais ; un grand nombre n'a rien touché, abfolument rien. Il eft vrai que la Direction exifte encore avec tout l'ancien appareil qu'elle étaloit dans fes jours d'activité, & que chacun s'y eft maintenu dans fon emploi (1), ce qui affurément n'eût pufe faire, fi, dès 1772, on avoit confommé, fans délai, le payement des créanciers.

Il fera curieux de voir un jour quels fecrets moyens ont été mis en ufage pour différer jufqu'à préfent une œuvre à la fois fi urgente & fi facile. Nous n'en pouvons offrir ici qu'un foible apperçu.

Que penfer d'abord de cet Arrêté, pris par les Syndics de l'Union dans l'une de leurs premieres délibérations, *qu'un fonds de 200,000 livres devoit toujours refter en caiffe pour fubvenir aux charges & aux dépenfes, jufqu'à la fin des opérations ?* N'eft-il pas évident que les feuls intérêts de cette fomme ont coûté, pendant 29 ans, deux cens quatre-vingt-dix mille livres ? Et fi, comme on n'en peut douter, le capital, chaque année, bien ou mal employé, a été, chaque année, renouvellé, c'eft un autre perte manifefte, en 29 années, de cinq millions

---

(1) Il y en a dont le traitement fixe s'élève jufqu'à 12,000 l. par an : quant à celui que fe font à eux-mêmes le Procureur & le Notaire-fequeftre, on peut dire qu'il eft incalculable.

huit cens mille livres : croit-on qu'il n'y avoit pas moyen de modérer, si on l'eût voulu, des dépenses tellement énormes, & sur-tout d'en abréger le cours ?

Quelle cause assigner ensuite à cette affectation marquée, de reculer, de jour en jour, l'aliénation de plusieurs des immeubles qui appartinrent aux Jésuites ; du Noviciat de Paris, de celui de Lyon, de l'habitation de la Guadeloupe, tous objets sans produit, que néanmoins il étoit aisé de vendre, & dont la valeur, avec la perte des intérêts, s'éleve à plus de deux millions ?

Et cette indemnité de 952,000 livres, que devoient payer, il y a vingt-cinq ans, les divers Colleges des Jésuites (1), pour conserver la possession de leurs biens, par quelle considération les Syndics de l'Union ne l'ont-ils pas encore exigée ? Dira-t-on qu'elle ne pouvoit l'être qu'en cas d'insuffisance des autres recouvremens ? Eh ! quand, après 29 ans d'attente, une foule de créances restoient dues en totalité, l'insuffisance des fonds n'étoit-elle donc pas assez présumée ?

D'où vient aussi que l'Etat doit encore à la Direction, d'un côté 400,000 livres pour le prix de la Maison professe de Paris ; de l'autre, 1,200,000 livres pour la valeur de ces prétendus trésors du Frere Lavaur, qui n'étoient en effet que des recelés, sur lesquels le Ministre le plus avide auroit dû rougir de porter la main ?

Enfin, par quelle étrange condescendance, sur de simples

_____

(1) Suivant des Lettres patentes du 21 Novembre 1763, le College de Louis-le-Grand de la ville de Paris en est chargé pour 300,000 livres ; les Colleges de la Trinité & de Notre-Dame de la ville de Lyon, pour 250,000 livres ; le College de la Fleche pour 100,000 ; les Colleges du Comté Venaissin pour 100,000 livres ; les Colleges de Flandre pour 72,000 livres ; les Colleges de Lorraine & du Barrois pour 50,000 livres ; le Collége de Reims pour 40,000 ; enfin les Colleges de Franche-Comté pour 40,000 livres.

ordres miniftériels, les Syndics de l'Union laifferent-ils en-
lever de la caiffe, il y a plus de dix ans, une fomme de
900,000 livres en efpeces, qui, depuis, n'a point été rétablie,
qui, cependant, ne produit aucun intérêt?

Certes, fans exagération de calcul, on peut évaluer pour
le moins à 14 millions le déficit & la perte occafionnés par
tant de traits d'incurie profonde ou de prévarication; & voilà
juftement comme une Direction parvient à ne jamais finir:
dans le fait, où en feroit la nôtre aujourd'hui, fi elle n'avoit
pas fçu ou confommer en frais, ou tenir en fouffrance, pendant 29 années, ces malheureux 14 millions? Il en falloit
à peine la moitié pour acquitter toutes les dettes des Jéfuites.

Une autre mefure, & prefque une maxime, commune à
tous les Chefs ou Agens des Directions, eft de répandre dans
l'acte même d'Union quelque germe de difcorde. Un Tyran
ordinaire, en divifant, veut affervir: ceux-ci, à la faveur
du même artifice, veulent fe rendre en apparence utiles, afin
de prolonger leurs gains avec leur miniftere. De-là vient que fi
fouvent des Créanciers *unis* font l'un de l'autre, fans le
vouloir & même à leur infçu, adverfaires implacables.

On croit bien que ce beau fecret n'étoit point inconnu au
Syndicat tant *avifé* des Créanciers des Jéfuites: auffi en
a-t-il fait un terrible ufage. Nous pourrions citer telle collo-
cation, des plus légitimes, fur laquelle, après avoir effuyé
une foule d'incidens odieux & d'interminables chicanes,
il a fallu fe réfoudre par laffitude, à abandonner en pure
perte, loyaux-coûts, intérêts & frais, pour être payé du
principal; tel Créancier qui, en 20 années, n'ayant pu toucher,
à force de procédure, qu'une infiniment petite partie de la
fienne, s'eft vu forcé d'accepter, pour le refte, des contrats

à 4 pour 100, qui perdoient 40 ou 50, au cours de la Place (1) ; tel autre, arraché, il y a quinze ans, de son Habitation en Amérique, par la nécessité de venir à Paris poursuivre le paiement de deux collocations, montant ensemble à plus de 60,000 livres, que la longue privation d'une somme aussi considérable, les frais extraordinaires de cinq procès gagnés contre la Direction, & enfin les dépenses de son séjour ont ruiné à demi, même avant qu'il ait reçu encore, sur ce qui lui est dû, le plus léger à-compte.

Admirez cependant le dernier prétexte des retards qu'on fait éprouver à cet infortuné : sa créance, établie sur des titres incontestables, vérifiée, affirmée dès 1766, se trouve utilement comprise dans l'Ordre de 1772 : il a, de plus, fourni caution : tout cela, dit-on, ne suffit point. Les billets, souscrits à son profit par les Peres Lavalette & Lapeyronnie, existoient bien antérieurement au 13 Avril 1762, époque de la faillite des Jésuites, puisqu'ils sont tous datés de l'année 1761 : eh bien ! on veut maintenant qu'il *justifie de la sincérité de cette date*, sous peine d'être payé le dernier de tous ; comme si des créances une fois vérifiées, affirmées, colloquées, pouvoient encore être suspectes ; ou comme s'il étoit permis d'admettre dans un Ordre des collocations, reconnues par cela même légitimes, & de leur assigner néanmoins, sous couleur de soupçon, un paiement équivoque & mal assuré.

Admirez même encore, à ce sujet, la bonne foi de notre Direction, vraiment Jésuitique : Dépositaire de tous les re-

<hr/>

* M. de C... (1) Il est vrai que, malgré la détresse publique, un honnête Ministre des Finances faisoit pour quelques mille écus de bonne main, rembourser ces contrats en especes sonnantes, par le Trésorier des Offrandes & Aumônes.

giſtres, titres, papiers des Peres Lavalette & Peyronnie, c'eſt elle qui oſe exiger d'un de leurs Créanciers des preuves qu'elle ſeule peut, à ſon gré, ou publier ou celer, & qu'elle tient en effet cachées. Un trait de candeur pareil, ſans doute, ſera trouvé tout-à-fait exemplaire.

Une ſorte de déſeſpoir avoit pouſſé enfin ce même Créancier à vouloir éclairer de près la ſituation véritable des affaires de l'Union. S'il faut que je ne ſois payé qu'après tous les autres, faites au moins que je ſache, diſoit-il aux Syndics, ce qui peut différer ſi long-temps la concluſion finale de vos opérations : communiquez-moi pour cela vos regiſtres de délibérations, vos états de recouvremens, le bordereau général des recettes & dépenſes de la Caiſſe. — Tous les ans, répondirent ceux-ci, nous rendons un compte à M. le Procureur Général, & nous n'en devons qu'à lui ſeul. — Que je voye donc, répliqua le Créancier, ces prétendus comptes annuels : j'ai intérêt, plus encore que M. le Procureur Général, d'en vérifier les élémens, d'en connoître le réſultat. Le croira-t-on bien ? Les durs Syndics lui ont obſtinément réfuſé, juſqu'à ce jour, une ſatisfaction ſi légere.

Ah ! le motif en eſt facile à pénétrer. On ne couvriroit pas ainſi des voiles du myſtere une geſtion qui feroit, en tout point, exempte du reproche. Dignes Repréſentans de la Nation, la cauſe des ci-devant Créanciers des Jéſuites eſt déſormais la vôtre. Souffrez que nous vous dénoncions cet œuvre de ténebres dont leurs yeux n'ont ſçu percer l'obſcurité. Que ce Corps paraſite, auſſi dangereux qu'inutile, ce Syndicat de 29 ans, qui a toujours fui la lumiere, à votre voix enfin s'anéantiſſe, & que ſa longue vie ſoit expoſée au grand jour. Demandez-lui raiſon du recouvrement de 19 millions confié à ses soins, à sa garde ; de l'emploi qu'il en a fait ou qu'il a négligé d'en faire ; de l'éternité de souffrance & de détresse dans laquelle il a laissé languir tant de Créanciers, déplorables victimes de ses fureurs processives, de son insatiable avarice. Sur-tout faites cesser, nous vous en conjurons au nom du bien public, faites cesser au plutôt les frais absorbans de la Direction la plus ruineuse, les gaspillages du sequestre le plus effrayant, le plus désordonné qui soit peut-être au monde. Arraché par vos mains à ses déprédateurs, ce qui reste de l'héritage des Jésuites pourra, nous l'esperons, aisément satisfaire leurs Créanciers & offrir encore à la Patrie une ressource précieuse. *Signé* JEAN – BAPTISTE DESENNE, Citoyen de la Martinique.

A PARIS, chez N. H. NYON, Imprimeur du Parlement, *rue Mignon Saint-André-des-Arcs.* 1790.

www.ingramcontent.com/pod-product-compliance
Lightning Source LLC
Chambersburg PA
CBHW061432170626
46811CB00005B/2236